내 편이 되어 줘

내 편이 되어 줘

노형진 글 · 방현일 그림
초판 1쇄 발행일 · 2016년 3월 7일
2판 1쇄 발행일 · 2025년 2월 10일
펴낸이 · 김금순
펴낸곳 · 바나나북
출판등록 · 제2013-000080호

주소 · 서울 광진구 천호대로 709-9 2층
전화 · (02)716-0767 팩스 · (02)716-0768
이메일 · ibananabook@naver.com
블로그 · www.bananabook@co.kr

ISBN 979-11-88064-52-6 74810

• 바나나북은 크레용하우스의 임프린트이며 디엔비스토리의 아동 · 청소년 브랜드입니다.

내 편이 되어 줘

노형진 글 · 방현일 그림

바나나BOOK

우리 모두의 할머니를 위하여

친구들은 할머니를 떠올리면 제일 먼저 어떤 것이 떠오르나요? 맛있는 음식? 용돈? 주름살?

우리 할머니는 바닷가에서 슈퍼를 했어요. 할아버지를 대신해 돈을 벌고 자식들을 키워 낸 할머니는 여장부였지요. 젊은 시절에는 남자들과 함께 배를 타고 먼 바닷가에 나가 고기도 잡았다고 했어요. 그래서 내 기억 속의 할머니는 언제나 씩씩했어요. 우리 할머니는 폐렴으로 돌아가시는 순간까지도 씩씩했지요. 하나도 안 아프다면서 내게 꼬깃꼬깃 접힌 용돈까지 쥐어 주었거든요.

우리 친구들의 기억 속 할머니는 어떤 모습인가요? 언젠가 통기타를 배우러 갔던 문화 센터에서 수강생의 대부분이 할머니, 할아버지인 것을 보고 좀 놀란 적이 있어요. 할머니나 할아버지가 무언가를 배우고 싶어 한다는 생각을 못 했으니까요.

할머니, 할아버지와 기타를 배우면서 생각했어요. 어쩌면 우리가 오해하고 있었는지도 모르겠다고요. 그리고 우리 할머니 생각이 많이 났어요. 우리 할머니는 어떤 것을 배우고 싶었을까? 꿈은 무엇이었을까?

혜나는 바쁜 엄마, 아빠를 대신해 할머니와 지내는 시간이 많아요. 그래서 엄마 대신인 할머니가 혜나를 위해 모든 것을 희생해야 한다고 생각했죠.

우리 친구들이 혜나와 할머니의 이야기를 읽어 보고 사랑하는 할머니, 할아버지의 손을 잡고 이야기했으면 좋겠어요. 할머니, 할아버지 지금도 늦지 않았어요. 어떤 것이든 우리 함께 해 봐요. 그리고 사랑해요! 라고요.

봄을 기다리며 노형진

차례

다 미워 ●8

할머니, 어디 갔다 와? ●19

할머니 자랑 대회 ●32

할머니, 대체 만날 어디 가? ●44

할머니 인생 ●54

댄서송 ●67

할머니, 누구 편이야? ●78

우리 생애 가장 특별한 순간 ●92

할머니, 진짜 누구 편이야? ●106

다 미워

"아이고, 시상에 이게 웬일이냐? 애, 혜나야. 언능 일어나! 아직도 자고 있으면 어쩌냐?"

"으악! 살려 줘!"

또 똑같은 꿈이다. 높은 절벽에서 발을 헛디디는 꿈. 소름이 돋고 머리칼이 쭈뼛쭈뼛 서면서 심장이 덜컥 내려앉는다. 그리고 동시에 눈이 떠진다. 할머니의 잔소리가 들려오기 시작하면 내 꿈은 늘 똑같은 장면에서 끝난다.

"아, 할머니! 대체 지금 몇 시인데 깨우고 그래!"

억지로 잠에서 깬 나는 신경질을 내며 시계를 보았다. 이럴 줄 알았다. 아직 7시다. 우리 집에서 학교까지는 15분밖에 안 걸린다. 그러니까 8시에 일어나도 충분하다. 그런데 할머니는 늘 일찍 깨운다. 게다가 그냥 깨우는 법이 없다. 무슨 전쟁이라도 난 것처럼 사람을 놀라게 하면서 깨운다.

"할머니! 7시밖에 안 됐잖아! 졸려 죽겠어."

"야가, 7시밖에라니. 느이 엄마는 아까 일어나서 출근했구만. 느이 엄마 키울 때는 내가 한 번 깨워 본 적이 없어."

아유, 또 저 소리다.

"알았어. 알았다고. 송말년 여사님의 자랑스러운 딸 김혜숙은 첫닭이 울면 일어나 공부했다고. 만날 똑같은 소리."

나는 투덜거리면서 욕실로 갔다.

"아이참, 할머니! 이 치약은 너무 맵다니까! 제발, 이 치약 좀 사지 마."

"그게 뭐 맵다고 그랴? 너 옛말도 모르냐? 몸에 좋은 약이 쓰다고. 그 치약이 잇몸에도 좋고, 치아에도 좋잖냐. 느이 엄마가 그게 딱 좋단다. 그러니 참고 써. 힘들게 돈 버는 엄마 위해 그것도 못 해 주냐?"

할머니는 내가 한 마디 하면 백 마디, 아니 천 마디쯤 잔소리를 늘어놓는다. 만약 잔소리 오래 하기 대회 아

니면 잔소리 많이 하기 대회가 있다면 우리 할머니 송 말년 여사가 1등 할 거다.

욕실에는 엄마의 흔적이 남아 있었다. 아마 엄마는 오늘도 5시에 일어나 조깅을 하고 샤워를 하고 신문을 보며 할머니가 차려 준 아침을 먹었을 거다. 엄마는 피곤하지도 않은 걸까? 어젯밤도 분명 12시 다 돼서 들어왔을 텐데.

"어디 불구경 났냐? 욕실에서 뭐 하냐? 언능 밥 먹어야지. 국 식겠다."

멍하게 있던 나는 할머니 잔소리에 깜짝 놀랐다. 할머니의 잔소리는 꼭 기습 공격 같다. 남자애들이 푹 빠져 있는 전쟁 게임에서 최고로 인기 있는 아이템도 바로 기습 공격용 아이템이다. 기습 공격은 무방비 상태의 적을 혼란에 빠뜨리기 때문이다. 날 혼란에 빠뜨리는 할머니 잔소리처럼 말이다.

"할머니, 나 방금 욕실에 들어왔어. 아직 양치질도 안 했다고!"

만날 당할 수는 없다. 나도 냅다 소리를 질러 할머니를 공격했다.

"뭔 양치질을 하루 종일 하냐? 늦겠다. 언능 나와."

다른 할머니들은 손녀들을 엄청 예뻐한다. 내 친구 주희네 할머니만 봐도 그렇다. 주희 엄마가 주희를 혼내기만 해도 큰일이 난다. 주희네 할머니는 주희한테 우리 강아지라고 하면서 눈에 넣어도 안 아픈 내 새끼라고 한다. 사 달라는 것도 다 사 준다. 주희네 할머니만 그런 게 아니다. 내 친구들 할머니들을 보면 거의 다 그렇다.

하지만 우리 할머니는 나를 예뻐하기는커녕 잔소리만 한다. 어떨 때는 구박도 한다. 내가 어릴 때 엄마를 엄청 힘들게 했다면서.

할머니는 나보다 엄마를 더 챙긴다. 엄마한테는 엄청 상냥하고 다정하다.

"혜숙아, 이것 좀 먹어 봐."

"아이고, 우리 혜숙이 마른 것 좀 봐. 돈 벌랴, 딸 키우랴 을메나 힘들면."

"세상에 벌써 일어났어? 더 자라. 힘들 텐데. 돈 버느라 을메나 힘들겄냐."

엄마한테는 공주님 대접하듯 한다. 엄마가 할머니 딸이니까 뭐 그럴 수도 있겠다 싶다가도 한 번씩 화가 난다. 내리사랑이라고 할머니한테는 내가 더 예뻐야 하는 것 아닌가 하는 생각이 들어서다.

"아이고, 또 저렇게 세월아, 네월아 하고 있네. 언능, 밥 안 먹냐?"

나는 신경질적으로 양치질을 하고 식탁에 앉았다. 보글보글 끓는 된장찌개와 맛있는 계란말이는 냄새만 날 뿐 식탁에는 수저, 젓가락만 얌전하게 놓여 있었다. 이럴 줄 알았다. 어째서 할머니는 늘 내 예상을 빗나가지 않을까?

"아, 진짜…… 할머니! 내가 음식 다 차리고 부르랬잖아! 할머니는 왜 수저랑 젓가락만 놓고 밥 먹으래?"

"다 차렸잖냐, 네가 늦게 나오니까 국은 다시 데우고

있는 거고, 밥은 지금 푸고 있고, 계란말이도 금방 썰면
되고."

할머니는 나랑 상대가 안 된다.

"아유, 알았어. 알았다고. 참, 나 준비물 사야 되니까
만 원만 줘."

"만 원? 뭔 준비물이 그렇게 비싸냐?"

할머니는 꼭 이런다. 다른 할머니들은 손녀가 용돈
달라는 말을 안 해도 척척 준다는데 난 엄마가 할머니
한테 맡긴 돈을 받으려고 해도 이렇게 힘들다.

"비싼 준비물이니까 그렇지. 빨리 줘."

"이따 산 거 영수증 꼭 갖고 와. 알았지? 열한 살짜리
가 뭔 돈을 그렇게 많이 쓰냐? 만날 용돈 가져 가. 준비
물 산다고 가져가. 아이고, 네 엄마 허리 휘겠다."

갑자기 눈물이 난다. 서럽다. 꼭 드라마에 나오는 새
엄마한테 구박을 받는 가여운 아이가 된 것 같다.

"아니, 얘가 왜 아침부터 눈물 바람이야?"

"할머니는 너무해. 할머니는 왜 나만 미워해?"

"아따, 그게 뭔 소리냐? 언능 밥 먹고 학교 가. 기어 댕길 때부터 손톱 발톱이 빠지도록 길러 줬더만 은혜도 모르고 누가 누굴 미워한다는 거냐?"

나는 얼른 시계를 봤다. 엄마는 내가 학교로 출발할 때 쯤 전화를 한다. 엄마한테 전화 오면 다 이를 거다. 할머니가 항상 날 구박하고, 소리 지르고 준비물 산다 는데도 돈도 안 준다고.

사실 할머니한테 진짜 하고 싶은 말은 꿀꺽 삼켰다.

'우리 엄마 돈인데 왜 할머니 마음대로 하는 거야!'

이 말을 진짜 하고 싶었다.

"쓰잘데기 없는 소리 하지 말고 언능 밥 먹어."

나는 세상에서 제일 맛없는 밥을 먹었다. 식탁 위에 놓여 있는 전화기를 노려보면서.

'드르르륵 드르르륵'

드디어 전화가 왔다.

"엄마, 엄마아."

다 이르려고 했는데 엄마 소리와 함께 눈물이 먼저

터져 버렸다.

"무슨 일이야? 왜 그래? 얼른 말해 봐."

전화기 속 엄마가 다정스레 묻는다. 날 걱정하는 엄마 목소리를 들으니 더 슬프다. 엄마는 왜 바빠서 날 할머니 손에 크게 하는 걸까? 엄마가 날 깨워 주고, 아침 차려 주고 준비물 살 돈도 챙겨 주면 아침부터 이렇게 서글플 일이 없을 텐데.

"엄마, 할머니가 나 구박하고 미워해. 준비물 살 돈도 안 주려고 하고. 엄마, 나 너무 속상해."

"뭐? 뭐가 어쩌고 어째? 박혜나! 너 아침부터 이럴래? 얘가 호강에 겨워서. 너 때문에 할머니가 얼마나 고생하는지 모르고 아침부터 떼를 부려? 네가 일곱 살이야? 너 좀 혼나 볼래?"

눈물이 쏙 들어갔다. 잠시 잊고 있었다. 우리 엄마 김혜숙 씨는 잔소리 대회 1등 송말년 여사의 딸로 엄청난 잔소리 유전자를 가지고 있다는 것을. 게다가 엄마는 나의 엄마이기 전에 송말년 여사의 하나밖에 없는 금쪽

같은 딸이라는 것도.

"엄마는 누구 편이야? 왜 항상 할머니 편만 들어? 엄마 너무해!"

"얘가 점점! 누구 편이 어디 있어? 할머니가 오냐오냐해 주니까 버릇이 없어. 할머니가 네 친구야! 너 오늘 저녁때 혼날 줄 알아!"

매정한 엄마. 내가 왜 속상한지는 물어보지도 않고 할머니 편만 들고. 슬쩍 보니 할머니는 고소하다는 표정으로 날 보고 있다. 할머니도, 엄마도 밉다.

할머니, 어디 갔다 와?

 오늘은 수업이 6교시까지 있다. 다른 날보다 고작 한 시간 더 수업하는 건데도 이상하게 엄청 피곤하다. 4학년이 돼서 그런지 요즘은 작은 일에 예민해진다. 사춘기가 온 걸까? 사춘기는 되게 피곤한 것 같다. 짜증나는 일도 많고 신경 쓰이는 일도 많다.

 맨 뒷줄에 앉는 선영이는 벌써 생리를 시작했다고 한다. 나보다 키도 20센티미터나 더 크고 가슴도 봉긋하더니. 사춘기가 된 것만으로도 짜증이 나는데 생리까지 하면 얼마나 짜증 날까? 선영이가 그러는데 생리를 하면 사소한 일에도 신경질이 막 난다고 한다. 하긴 우리 엄마도 생리할 때는 유난히 짜증을 많이 낸다.

게다가 6교시 수업은 체육이다. 그냥 수업만 해도 다른 날보다 한 시간 더 해서 피곤한데 체육이라니. 운동장에서 수업 끝나고 교실로 들어와 정리하고 종례를 마치면 다른 반보다 10분은 더 늦게 끝난다.

"혜나야, 너 또 집에 들렀다 갈 거야?"

"응, 아영아. 할머니가 해 주신 간식 먹고 가야지. 안 그럼 배고파."

"넌 좋겠다. 난 만날 편의점 김밥인데."

아영이네 엄마도 우리 엄마처럼 회사에 다닌다. 하지만 아영이는 할머니가 없다. 그래서 어린이집 다닐 때 종일반이었다고 했다. 엄마가 회사 마치고 데리러 올 때까지 어린이집에 남아 있어야 해서 슬픈 적이 많다고 했다. 만약 나도 할머니가 없었다면 어땠을까? 지금도 학교 수업이 끝나면 아영이는 빈집으로 가는 대신 도서관에 있거나 방과 후 수업을 하고 학원으로 간다. 아영이한테는 조금 미안한 말이지만 그렇게 지내야 한다면 난 너무 쓸쓸하고 외로울 것 같다.

어떨 때는 집에 들렀다 학원에 가는 게 귀찮을 때도 있다. 하지만 할머니의 간식은 내 큰 즐거움이다. 편의 점이나 분식집에서 사 먹는 거랑은 비교할 수가 없다.

"할머니, 나 왔어!"

엘리베이터에서 내리자마자 현관문을 향해 소리를 질렀다. 어? 그런데 인기척이 없다. 화장실에 있나?

"할머니, 빨리 문 열어. 나 배고파."

여전히 조용하다. 볼일이라도 보나 보다. 나는 현관 문 비밀번호를 누르고 집 안으로 들어갔다.

"할머니, 뭐 해?"

나는 화장실 문을 열어 보았다. 그런데 할머니가 없 다. 안방 화장실에 계신가? 나는 쪼르르 안방으로 달려 가 화장실 문을 벌컥 열었다. 안방 화장실에도 없다. 할 머니는 대체 어디 간 거지?

"할머니, 할머니! 나 왔다고! 빨리 나와!"

할머니 방, 창고, 베란다까지 집 안을 찾아보았지만 할머니는 어디에도 없다. 한번도 이런 적이 없었다. 늘 날 기다려 주던 할머니가 없으니까 확 짜증이 난다. 엄마한테 더 상냥하고 다정한 할머니지만 할머니는 나한테 엄마 같은 존재니까.

"뭐야, 정말! 말도 없이 어디 간 거야."

식탁에는 할머니가 만들어 놓은 간식이 랩에 쌓인 채 날 기다리고 있었다. 오늘 간식은 호박 부침개다. 할머니표 호박 부침개는 뜨거울 때 먹으면 진짜 맛있다. 밀가루에 물을 붓고 애호박을 송송 썰어 넣고 양파랑 내가 좋아하는 새우도 넣고 부치면 진짜 맛있다.

나는 부침개를 입에 물고 소파에 털썩 주저앉았다. 내 간식까지 만들어 놓고 나간 것을 보면 할머니는 깜박하고 늦는 게 아니다. 그리고 성남 이모할머니네 갔다가 차가 막혀서 늦은 것도 아니라는 얘기다. 분명하다. 내가 올 시간까지 돌아올 수 없다는 걸 알면서도 나간 거다. 할머니가 날 배신이라도 한 것처럼 기분이 몹

시 나빴다. 나는 부침개를 마구 씹었다. 씹으면 씹을수록 맛있다. 어쨌든 할머니표 호박 부침개는 식어도 맛있다. 뜨거울 때 먹으면 더 맛있었을 텐데.

"맞다. 이건 기회야, 기회!"

부침개를 먹다 문득 아주 좋은 생각이 떠올랐다. 당장 엄마한테 전화를 하는 거다. 지금은 늘 할머니 편을 드는 엄마를 내 편으로 만들 좋은 기회니까.

우리 엄마는 은행에서 일한다. 은행은 4시면 문을 닫는다. 그래서 잘 모르는 사람은 은행 다니는 사람들이 4시에 퇴근하는 줄 안다. 그런데 천만의 말씀이다. 엄마 말에 의하면 은행은 4시부터 일이 시작이라고 한다. 월말 결산, 연말 결산 때는 밤 12시에 올 때도 있다.

우리 아빠도 은행에서 일한다. 아빠가 일하는 은행은 외국계 은행이다. 엄마가 길게 설명해 줬지만 어려운 말이라서 그냥 친구들한테 아빠가 외국계 은행 다닌다고 얘기해 준다. 그럼 내 친구들은 꽤 부러워한다. 외국이라고 하니까 그냥 좋아한다.

암튼 아빠는 외국계 은행에서 일하는데 지금은 한국에 없다. 올 3월에 싱가포르에 갔다. 엄마 말이 아빠가 우수 사원으로 인정받아서 순환 근무를 하게 된 거라고 했다. 처음엔 그냥 아빠가 우리랑 같이 안 살고 외국에 나간다는 사실 때문에 엄청 울었다. 엄마랑 아빠가 선물을 잔뜩 사 주면서 달래 줘도 소용없었다. 그런데 이번 여름휴가 때 아빠가 일하는 싱가포르에 갈 생각을 하니 신난다.

"엄마, 엄마 지금 바빠?"

"혜나야, 엄마 지금 바쁜데. 급한 일이야?"

엄마 목소리 뒤로 시끌시끌한 소리가 들린다. 은행에는 언제나 사람이 많으니까.

"엄마, 할머니가 없어."

"뭐? 할머니가? 왜?"

엄마 목소리가 달라졌다. 히히!

"몰라. 학교 갔다 오니까 할머니가 없어. 나 배도 고프고, 학원 갈 준비도 해야 되는데. 아무리 기다려도 할머니가 안 와."

나는 일부러 울먹거리면서 말했다. 그래야 불쌍해 보일 테니까.

"혜나야, 너 4학년이잖아. 그런데 할머니 없다고 간식도 못 챙겨 먹어? 할머니도 일 보다 보면 늦을 수도 있잖아."

이게 아닌데. 엄마는 왜 할머니 편만 드는 걸까?

"할머니가 아무 말도 안 하고 나갔으니까 그렇지?"

"얘가, 말버릇 좀 봐. 할머니가 네 친구야? 할머니도 그동안 너 키우느라 힘들었는데 이제 친구도 만나야지. 너도 이제 4학년이니까 스스로 챙길 줄도 알아야 해."

우리 엄마는 정말 할머니 딸이 맞나 보다. 어쩜 날 달래 주기는커녕 이렇게 잔소리를 퍼부을 수가 있을까? 지금 이 상황에서 잔소리 들을 사람은 내가 아니라 할머니인데. 엄마는 계속 할머니 편만 든다. 꼭 할머니랑 엄마랑 편먹고 나만 따돌리는 기분이다. 엄마는 왜 딸인 나보다 할머니랑 더 친한 걸까? 너무 속상하다.

　"오늘 6교시까지 해서 힘든데 내가 간식까지 챙겨 먹고 학원 가야 해? 다른 애들은 엄마가 학원 셔틀 버스 타는 데까지 데려다주는데 난 늘 혼자 타잖아. 엄마는 왜 내 생각은 하나도 안 해?"

　나도 화가 나서 엄마한테 막 쏘아붙였다. 엄마도 화낼 줄 알았는데 조용하다. 하긴 지금 같은 상황에선 당연히 엄마가 내 편을 드는 게 맞다.

　"혜나야, 뭐라고? 아, 잠시만요. 네, 제가 처리할게요. 혜나야, 엄마가 지금 너무 바빠. 할머니 안 계셔도 간식 챙겨 먹고 학원 잘 다녀와."

진짜 화난다. 난 폭발 직전이다. 엄마는 어째서 내 편을 들지 않는 걸까?

"혜나야, 이게 웬일이야? 아직 학원 안 간 거야?"

전화기를 노려보고 있는데 문 열리는 소리와 함께 할머니 목소리가 집 안으로 들어왔다.

"할머니! 대체 어디 갔다 와?"

나는 악을 쓰며 화를 냈다. 엄마한테 서운했던 마음

까지 보태 할머니한테 다 폭발해 버렸다.

"오메, 우리 아기 화났냐? 할미가 잠깐 일 좀 보러 갔다 왔어. 네가 좋아하는 호박 부침개도 부쳐 놨는데 왜이리 골이 났냐? 할미가 저녁때 혜나 좋아하는 소고기전골을 해 줄 테니 언능 학원 댕겨 와."

할머니는 남의 속도 모르고 방실방실 웃으면서 시장바구니를 바닥에 내려놓았다. 시장바구니 밖으로 당면이 삐져나와 있었다. 괜히 군침이 돌았다. 하지만 내가일곱 살 어린애도 아닌데 먹을 걸로 화를 풀어 주려는 할머니가 밉다.

"짜증 나. 식어서 맛도 없어. 나 학원 갈 거야."

나는 일부러 쾅 소리가 나게 현관문을 닫고 나왔다. 할머니가 뭐라고 말하는 소리가 들렸지만 대답하지 않았다. 엘리베이터 버튼을 누르고 뒤를 돌아봤다. 사실할머니가 따라 나와 주길 기대했다. 하지만 굳게 닫힌현관문은 다시 열리지 않았다. 치, 만약 엄마였다면 할머니는 분명 따라 나왔을 거다.

괜히 길가의 돌멩이를 차면서 걸었다. 할머니한테도, 엄마한테도 너무 섭섭하다. 오늘따라 학원 셔틀버스 타는 곳이 왜 이리 멀게 느껴지는지 모르겠다.

"혜나야, 혜나야, 같이 가."

누군가 나를 애타게 불렀다. 나는 혹시나 하는 마음에 뒤를 돌아보았다.

"어, 주희야!"

할머니가 아니라 주희다. 게다가 주희는 할머니 손까지 꼭 잡고 있었다. 어, 그런데 이상하다. 주희네 할머니는 광주에 산다고 했는데.

"혜나야, 이것 봐라. 우리 할머니가 사 주신 거야. 예쁘지?"

주희는 메리 제인 구두를 신고 있었다. 요즘 유행하는 건데 엄마도, 할머니도 어린이가 신는 구두에 굽이 왜 있냐고 하면서 절대 안 사 주는 바로 그 구두다. 나는 너무 부러워서 주희와 구두를 번갈아 보았다.

"우리 할머니가 오랜만에 서울 오신다고 사 주신 거

야. 예쁘지? 걸을 때 어른처럼 또각또각 소리가 난다."

알미운 오주희. 주희는 나 보란 듯이 자기 할머니 손을 잡은 채 또각또각 소리를 내며 학원 셔틀버스 정류장으로 걸어갔다. 아, 정말 신경질이 난다!

할머니 자랑 대회

"자, 오늘 아침 명상 시간에는 '할머니의 선물'이라는 글을 감상해 볼게요. 전국 고교생 백일장에서 대상을 받은 작품인데 아주 감동적이에요. 선생님이 읽어 줄 테니까 다들 조용히 하고 귀를 기울여 보도록 하세요."

선생님은 우리에게 늘 차분하게 명상하는 시간을 가져야 한다면서 매일 아침 10분씩 명상 시간을 갖게 한다. 어떤 날은 음악을 틀어 놓기도 하고, 또 어떤 날은 오늘처럼 좋은 글을 읽어 준다. 시를 낭송해 줄 때도 있고, 동영상을 보여 줄 때도 있다.

사실 명상 시간은 재미있을 때도 있지만 재미없을 때도 많다. 오늘은 별로일 것 같다. 선생님이 읽어 준다는 글의 제목이 너무 마음에 안 든다. 우리 할머니는 나한테 선물을 준 적이 별로 없기 때문이다.

사람들은 모두들 내 지갑을 보면 웃음을 터뜨립니다. 열여덟 살이나 된 남자애가 고양이가 그려져 있는 헝겊 지갑을 들고 다니니까요. 게다가 이 헝겊 지갑은 누가 보아도 바느질이 서툰 사람이 만든 것이라는 것을 알 수 있습니다. 바느질 땀이 매우 삐뚤삐뚤하거든요.

사람들이 아무리 비웃어도 난 이 지갑을 늘 몸에 지니고 다닙니다. 이 지갑을 내게 선물해 준 사람 때문이지요. 이 지갑을 선물해 준 사람은 나의 첫사랑입니다. 내게 많은 것을 알려 주었고, 또 많은 것을 베풀어 주었던 생각만 해도 가슴이 떨리고 눈물이 나는 나의 첫사랑. 나의 첫사랑은 나의 외할머니 김그만 여사입니다.

스물넷에 청상과부가 된 나의 외할머니 김그만 여사는 일

곱이나 되는 자식들을 바느질을 해서 키웠습니다. 막내딸이었
던 우리 어머니가 대학을 마칠 때까지 외할머니의 낡은 바늘
은 쉬지 않았습니다. 평생 허리를 구부린 채 바느질을 하시느
라 시력이 다해 가는 줄도 모르셨던 나의 외할머니.

외할머니는 평생 힘들게 사셨지만 사랑이 넘치는 분이었습
니다. 약사였던 어머니와 아버지를 대신해 저를 길러 주셨고,
저에게 많은 것을 가르쳐 주셨습니다. 할머니가 손수 만들어
주신 사촌 형제들의 배냇저고리, 그리고
인형들. 나와 나의 사촌들은 할머니가
짜 주신 목도리와 장갑이면 추운
겨울도 끄떡없었습니다.

하지만 가는 세월을 막을
수는 없었습니다. 어느 추운
겨울, 외할머니는 뇌출혈로
쓰러지셨습니다.
늘 강해 보였던
우리 어머니를

비롯해 외삼촌과 이모들은 환자복을 입고 누워 계신 외할머니 앞에서 아이처럼 목 놓아 울었습니다.

석 달 반 만에 퇴원한 외할머니는 몸도 불편한데 다시 바느질을 하셨습니다. 온 가족이 말렸지만 외할머니의 고집을 꺾을 수 없었습니다.

외할머니가 만든 것은 바로 손주들의 지갑이었습니다. 칠남매를 둔 외할머니에게는 모두 열여섯 명의 손주가 있었습니다. 그 손주들에게 마지막 선물로 손수 바느질해 만든 지갑을 선물하고 싶었던 외할머니의 뜻을 아무도 거스를 수 없었습니다.

외할머니 막내딸의 막내아들이었던 저는 사촌 형제들 중 가장 나중에 지갑을 받았습니다. 그래서 늘 반듯했던 외할머니의 바늘땀이 삐뚤빼뚤해진 지갑을 받았습니다. 외할머니는 제 지갑을 마지막으로 다시는 바느질을 하지 못하셨습니다. 외할머니는 하늘나라로 떠나셨으니까요. 외할머니의 마지막 선물이 되어 버린 지갑. 외할머니의 장례식이 끝나고 집에 돌아와 지갑을 열어 본 저는 세 살배기 아이처럼 펑펑 울었습니다. 그 지갑 안에는 꼬깃꼬깃 접힌 만 원짜리와 삐뚤빼뚤한 글씨로 쓴 외할머니의 편지가 들어 있었습니다.

선생님의 낭송이 끝나자 여기저기서 아이들이 훌쩍거리는 소리가 들렸다. 나는 속으로 '어머 웬일이야. 대체 이 글이 뭐가 슬프다는 거지?'라고 외쳤다. 난 하나도 안 슬픈데. 혹시 할머니가 주신 지갑에 만 원밖에 없어서 슬픈 걸까?

"정말 감동적이죠? 다들 글을 읽은 느낌 좀 발표해 볼까요?"

선생님 말씀에 아이들이 하나둘 손을 들더니 발표를 했다.

"우리 할머니는 제가 어릴 때 돌아가셨는데요. 이 글을 읽으니까 왠지 돌아가신 할머니 생각이 나서 너무 슬펐어요."

"저희 할머니도 저한테 엄청 잘해 주시거든요. 시골에서 힘들게 농사 지은 걸 늘 아낌없이 다 주시거든요.

할머니들은 다 너무 좋은
분인 것 같아요."

아이들의 발표
를 들으니까 내
가 너무 이상
하게 느껴진다.
나는 이 글이 가짜
같은 느낌이 드는데 아이들은 아닌가 보다. 내 생각엔
이 글이 백일장에서 상을 받으려고 억지로 짜내서 쓴
것 같다.

솔직히 너무 말이 안 된다. 할머니가 뇌출혈로 쓰러
졌는데 어떻게 바느질을 할 수 있을까? 우리 할머니라
면 절대 불가능하다. 우리 할머니는 원래도 바느질하는
것을 싫어하는 데다가 아프면 며칠 동안 잠만 잔다.

게다가 할머니가 마지막 준 용돈이 만 원이라는 게
마음에 안 든다. 엄청 쩨쩨하게 느껴진다. 꼭 우리 할
머니처럼.

"혜나야, 이 글 정말 슬프다. 난 시골에 계신 할머니가 너무 보고 싶어서 눈물이 나."

내 짝꿍 호준이는 남자인데도 정말 감성적이다. 그래서 명상 시간에 곧잘 눈물을 흘린다. 오늘도 엄청 감동받았나 보다.

"어. 그래. 감동적이다."

나도 대충 얼버무렸다. 글이 감동적이지 않고 가짜 같고 게다가 할머니가 너무 쩨쩨하게 느껴진다고 말하면 날 너무 이상한 애로 생각할 것 같아서다.

생각해 보니까 글 속 할머니는 진짜로 온화하고 따뜻한 분이었을지도 모른다. 바느질하기 힘든데 열여섯 명이나 되는 손주들 거 다 만들어 줬다니까. 그리고 용돈을 만 원만 준 건 손주들이 엄청 많아서일지도 모른다.

사실 드라마나 영화에는 사랑이 넘치는

멋쟁이 할머니가 많다. 현실 속에도 그렇고. 주희네 할머니만 봐도 사랑이 넘치는 것 같다.

세상 모든 할머니가 우리 할머니처럼 잔소리 폭탄을 날리지는 않을 거다.

"우리 할머니는 글 속 할머니처럼 정말 좋은 분이셔. 어제도 백화점에서 내 구두를 사 오셨지 뭐야."

"우리 할머니도 그래. 우리 할머니는 내가 먹고 싶어 하는 건 뭐든 해 주셔."

"우리 할머니는 교장 선생님이셔. 조금 무서운 교장 선생님이지만 나한테는 늘 다정하셔."

하루 종일 교실 안에는 할머니 얘기가 넘쳐 났다. 아이들은 신나서 자기 할머니 얘기를 늘어놓았다. 꼭 할머니 자랑 대회라도 열린 것 같았다. 아이들의 자랑 속에는 멋진 할머니도 있고, 부자 할머니도 있고, 따뜻한 할머니도 있었다. 세상엔 정말 다양한 할머니가 존재하는 것 같다.

집에 오는 길에도 할머니 자랑 대회는 계속되었다. 난 자랑할 게 없어서 친구들의 할머니 자랑을 듣고 있는데 휴대 전화가 진동했다.

"어, 할머니가 문자 메시지를 보냈네."

이모티콘이 찍힌 할머니의 문자 메시지였다.

할머니 오늘 볼일 있어서 나가.
간식 먹고 학원 가. *^^* 사랑해 ^^♡♡♡

"우와, 너희 할머니는 이모티콘도 보내?"

어느 틈에 봤는지 아이들이 할머니가 보낸 문자 메시지를 보고는 놀란 표정을 지었다.

"우리 할머니는 문자 메시지는 못 보내시는데 너희 할머니 최고다."

"정말 대박이다."

친구들의 칭찬에 기분이 좀 얼떨떨했다. 친구들이 부러워하는 할머니라니. 난 잔소리 폭탄 송말년 여사라고

혜나야~~

응. 할머니.

간식 먹고 학원가

알았어.

 사랑해 ∾♡♡♡

어.

투덜거리기만 했는데.

"우리 할머니는 아이스크림 쿠폰도 선물해 줘."

"우와, 혜나네 할머니 진짜 대박 멋쟁이다!"

아이들의 칭찬 때문인지 나도 모르게 할머니 자랑을 늘어놓았다. 나까지 할머니 자랑 대회에 참가하게 된 거다. 할머니가 아이스크림 쿠폰을 선물해 준 건 딱 한 번뿐이지만.

"다들 할머니가 있어서 좋겠다. 난 친할머니, 외할머니 다 일찍 돌아가셨어."

아영이의 이야기 때문에 끝날 줄 모르던 할머니 자랑 대회가 끝났다. 다들 할머니 자랑을 하느라 할머니가 안 계신 친구 생각을 못 했던 거다. 사실 나도 친할머니는 안 계시다. 내가 태어나기도 전에 돌아가셨다.

나는 할머니한테 휴대 전화로 문자 메시지를 보냈다.

> 그런데 할머니, 오늘은 어디 가는데? 나 혼자
> 간식 먹고, 학원 가기 싫어. 빨리 와.

할머니 역시 빠르게 답문을 보냈다.

　알았엉. 일찍 갈게. 저녁 때
　맛있는 거 해 줄게. 알러뷰~~♥♥

　평상시에는 잔소리 폭격만 날리는 할머니인데 문자 메시지 보낼 때는 이모티콘을 마구 날려서 엄청 다정하게 느껴진다.

할머니, 대체 만날 어디 가?

짜증이 폭발할 것 같다. 또 할머니한테 휴대 전화로 문자 메시지가 왔다. 오늘도 혼자 간식 먹고 학원에 가야 한다. 그저께도 그러더니 대체 할머니는 오늘도 어디를 가는 걸까? 혹시 할머니한테 남자 친구가 생긴 걸까?

"혜나야, 너 무슨 생각을 그렇게 해?"

할머니 생각을 하느라 친구들이 말을 거는지도 몰랐나 보다.

"어? 왜?"

"휴대 전화 문자 메시지 확인해 봐. 오늘 학원 휴강이래. 수학 선생님이 편찮으시대."

주희도, 아영이도 선생님이 편찮으시다는데 신난 표정이다. 난 나중에 학원 선생님은 절대 안 할 거다. 아파도 아이들이 걱정은커녕 좋아하니 말이다.

"우리 큰길 사거리에 생긴 선물 가게 구경 가자. 거기 예쁜 거 되게 많대."

"그래. 가자. 우리 햄버거도 먹자."

"좋아!"

아영이의 말에 아이들 모두 좋아했다. 나도 집에 가 봐야 할머니도 없으니 친구들과 함께 가기로 했다. 할머니 문자 메시지 때문에 짜증이 났었는데 친구들과 함께 수다 떨고 햄버거 먹고 선물 가게 구경할 생각을 하니 기분이 좋아졌다.

"우리 배고프니까 햄버거부터 먹자."

우린 학교 앞 버스 정류장에서 마을버스를 타고 큰길 사거리에서 내려 햄버거 가게에 갔다.

"4학년 되니까 진짜 좋다. 3학년 때만 해도 우리끼리 마을버스 타고 햄버거 가게 갈 생각도 못 했잖아."

"그래, 맞아."

주희 말이 맞다. 사실 4학년이 되니까 좋은 점도 많다. 수업 시간도 더 많아지고 공부도 훨씬 어려워졌지만 말이다.

"우리 콜라 더 마실까? 내가 가져올게."

나는 탄산음료를 엄청 좋아한다. 하지만 할머니는 탄산음료는 건강에 매우 안 좋다면서 잘 사 주지 않는다. 만날 당근이랑 사과를 간 주스나 식혜, 수정과 같은 것만 준다.

"어. 혜나야. 저기, 너희 할머니 아냐?"

콜라를 다시 채워서 마시려는데 어느새 따라온 아영이가 내 어깨를 치며 말했다.

"어디?"

"저기, 밖에."

나는 아영이가 가리키는 곳을 보았다. 진짜 우리 할

머니였다. 할머니가 어떤 할머니랑 웃으면서 골목길로
사라졌다.

"혜나야, 콜라 나왔다."

아영이랑 나는 콜라를 들고 자리로 돌아왔다. 그러고
는 아이들과 다시 콜라와 햄버거를 먹으며 신나게 떠들
었다. 나는 금세 할머니를 잊고 아이들과의 수다에 빠
져들었다.

"맞다. 그런데 내일 과학 시간에 우리 강낭콩 키운 거
가져가는 거 아니었나?"

아영이 말에 아이들 모두 무릎을 쳤다.

"아, 맞다. 까맣게 잊어버리고 있었네."

"잘 컸을까?"

"얼른 집에 가서 강낭콩 살펴봐야겠다. 난 엄마가 맡
아서 잘 키워 주기로 했거든."

주희네 엄마는 전업주부다. 그래서 주희의 준비물도
잘 챙겨 주고 공부도 많이 도와준다. 주희는 그게 싫다
고 하지만 난 부럽다. 아마 아영이도 늘 엄마랑 함께 있

는 주희가 부러울 거다.

"빨리 집에 가자. 나 강낭콩 어떻게 됐는지 궁금해서 안 되겠어."

아영이의 재촉에 우리는 허겁지겁 헤어졌다. 나도 강낭콩이 걱정됐다. 할머니랑 같이 달걀 포장 용기에 강낭콩을 심고 처음에는 열심히 물을 주고 살펴보았다. 할머니가 시골에서 올라온 콩이라며 강낭콩 말고도 서리태 콩이랑 팥도 줘서 달걀 포장 용기를 꽤 근사하게 꾸몄다.

그런데 새까맣게 까먹고 있었다. 어느 순간부터 할머니가 물 주고 돌봐 주는 바람에 잊어버리고 있었던 거다. 마음이 급해진 나는 엘리베이터에서 내리자마자 현관문을 두드렸다.

"할머니, 나 왔어!"

하지만 현관문 여는 소리는 들리지 않았다. 6시가 훨씬 넘었으니까 할머니가 저녁 준비를 하느라 못 들었을지도 모른다. 초인종을 눌렀다. 하지만 여전히 현관문은 열리지 않았다.

"뭐야, 우리 할머니는 도대체 어딜 가서 아직도 안 온 거야!"

나는 참을 수 없을 정도로 신경질이 났다. 비밀번호를 누르고 현관문을 열자 어둠이 와락 달려들었다. 익숙한 우리 집인데도 낯설고 무섭게 느껴졌다. 나는 얼른 집안의 불을 모두 켰다. 그러고는 베란다로 가서 강낭콩을 살펴보았다.

"앗, 이게 뭐야!"

나도 모르게 소리를 질렀다. 달걀 포장 용기에는 바짝 마른 콩잎들이 지저분하게 쌓여 있었다.

그때, 고소한 피자 냄새와 함께 할머니의 목소리가 집안으로 들어왔다.

"혜나야, 어디 있니? 할미 왔다. 오늘은 할미가 맛있는 피자 사 왔다."

"할머니, 이게 뭐야!"

나는 할머니가 반갑지 않았다. 오히려 화가 났다.

"잉? 그게 뭐냐?"

"뭐긴 뭐야? 내 강낭콩이잖아. 할머니 이거 물도 안 주고 대체 뭐했어? 진짜 짜증 나!"

나는 달걀 포장 용기를 바닥에 던져 버렸다. 그런데

할머니는 그러는 나를 가만히 보고만 있었다. 할머니가 화를 안 내니까 이상하게 더 화가 났다.

"이제 어떻게 해? 내일 가져가야 하는데. 다 엉망진창이 됐잖아! 할머니, 정말 미워! 도대체 뭐 하느라고 내 강낭콩을 이렇게 망쳐 놓은 거야?"

"아이고, 이를 어쩌냐? 내가 이걸 깜빡했네. 이를 어쩌냐? 배고플 테니까 우선 피자부터 먹자. 피자 먹고 생각해 보자. 할미가 어떻게 해 볼게."

내가 팔팔 날뛰는데도 할머니는 화를 내지 않았다. 나에게 오히려 미안해했다. 그러고는 피자를 접시에 담고 평소에는 못 먹게 하던 콜라까지 따라 주며 먹으라고 했다. 보통 때의 할머니랑 너무 달랐다. 하지만 그런 할머니의 모습이 날 더 화나게 했다. 차라리 왜 할머니 탓을 하냐고 화를 냈으면 마음이 편했을 거다.

"이제 나 밥해 주기도 싫어? 누가 피자 먹고 싶다고 했어? 만날 대체 어디를 가는 거야? 할머니 대체 뭐 하러 다니냐고?"

"할미가 볼일이 있으니까 나가는 거지. 왜 할미를 꼼짝을 못 하게 할려고 그랴. 언능 피자 먹어. 콩잎은 할미가 어떻게 해 볼 테니까."

"다 죽었는데 할머니가 뭘 어떻게 한단 말이야. 짜증 나 죽겠어. 왜 만날 나가는 거야?"

나는 신경질이 나서 할머니가 따라 준 콜라를 밀쳤다. 그런데 너무 세게 밀쳤나 보다. 콜라가 담긴 유리잔이 바닥으로 떨어지며 산산조각이 나 버렸다.

"워메, 이게 무신 일이다냐!"

사실 할머니보다 내가 더 깜짝 놀랐다. 바닥에 쏟아진 콜라와 깨진 유리잔을 보니 심장이 왈랑왈랑 떨렸다. 당장에라도 할머니가 버럭 소리를 지를 것 같다. 깨진 게 유리잔이 아니라 꼭 할머니 마음 같았다.

"언능 발 치워. 유리에 찔리겄다."

할머니는 나를 걱정하고 있었지만 목소리가 싸늘했다. 할머니는 걸레를 가지고 와서 깨진 유리잔 조각과 콜라를 닦았다.

"할미는 할미 맘대로 나가지도 못하냐? 인자 내가 네 눈치까지 보고 살아야 하냐! 쥐방울만 한 게 할미를 만 만하게 보고."

할머니는 방에 들어가 문을 닫아 버렸다. 할머니 말에 난 참았던 눈물이 왈칵 쏟아졌다. 왜 눈물이 나는지 모르겠지만 자꾸만 눈물이 났다.

할머니 인생

"언능 일어나. 밥 먹고 학교 가야지."

평소처럼 요란하게 깨우지 않았는데도 난 할머니 말한 마디에 눈이 번쩍 떠졌다. 할머니의 목소리를 들으니 마음이 조금 편해졌다.

어제 저녁 할머니와 나는 말을 한 마디도 안 했다. 난 좁은 평균대를 걷는 것처럼 마음이 조마조마했다. 몇 번이나 내가 먼저 말을 걸 뻔했다. 하지만 참고 또 참았다. 먼저 말을 걸면 왠지 내가 지는 것 같았기 때문이다. 내가 잘못한 것도 있지만 할머니가 잘못한 게 더 많으니까. 암튼 할머니가 먼저 말을 걸어 주어서 기분이 좋다. 눈물이 날 만큼.

"강낭콩은 어떻게 했어?"

나도 할머니 눈치를 보다 슬쩍 말을 걸었다.

"죄다 말라 죽은 걸 어쩌겠냐? 콩나물이라도 가져가야지. 콩나물도 콩에서 자란 거니까."

"뭐야? 말도 안돼. 강낭콩 기르랬는데 콩나물을 가져가면 어떻게 해?"

난 소리를 버럭 질렀다. 할머니랑 화해를 한 것 같아 기쁘다는 생각이 든지 5초도 안 되었는데 난 또 할머니한테 화가 났다.

"할머니가 만날 나가니까 다 엉망이 됐잖아. 정말 짜증 나."

"박혜나! 너 지금 할머니한테 말버릇이 그게 뭐야! 할머니가 네 친구야?"

엄마였다. 나는 너무 깜짝 놀라서 움찔했다. 이상하다. 분명 지금쯤이면 엄마는 출근했어야 하는데.

"박혜나, 너 이리 와!"

"됐다. 먹을 때는 개도 안 건드린다고 하는데 먹고 나서 얘기해라."

할머니의 말에 엄마는 한숨을 내쉬었다.

"너 빨리 밥 먹고 학교 갈 준비해. 오늘은 엄마가 차로 데려다줄 테니까 가면서 얘기 좀 하자."

나는 엄마와 할머니의 눈치를 번갈아 보며 돌덩이 같은 밥을 먹었다. 혹시 할머니가 내가 한 일을 엄마한테 다 일렀나? 치사하다. 할머니 정말 나쁘다. 아니 엄마도 나쁘다. 엄마는 내 얘기는 듣지도 않고 늘 할머니 편만 든다. 엄마의 엄마라서? 엄마한테는 누가 더 중요한 걸까? 하나밖에 없는 자식인 내가 중요해야 하는 거 아닌가? 참, 그런데 할머니도 엄마한테는 하나밖에 없는 엄마다. 그럼 대체 누가 더 중요한 거지?

"어제 할머니랑 얘기하고 엄마 너무 충격받았어."

엄마는 현관문을 열고 나오자마자 다짜고짜 말했다.

"어떻게 할머니한테 그렇게 버릇없이 굴 수가 있니?

엄마 너무 속상해.”

“그게 아니고, 할머니가 요즘 만날 집 비우고 어디 가
잖아. 나 밥도 안 챙겨 주고.”

나는 좀 억울했다. 할머니한테 얘기를 들었으니까 엄
마는 당연히 할머니가 유리한 것만 들었을 게 뻔하다.

“휴, 혜나야. 할머니도 할머니 시간이 필요하셔. 젊을
때는 엄마 기르느라고 힘드셨고. 또 나이 들어서는 엄
마 대신해서 혜나 기르고 집안일 하느라 바쁘셨잖아.”

또 저 얘기다. 나도 모르게 얼굴이 찌푸려졌다.

“엄마는 할머니를 생각하면 늘 마음이 아파. 죄송스
럽고. 허리 수술해야 했을 때 혜나 네가 어린이집 가기
싫다고 떼써서 할머니는 수술도 미루셨어.”

잘 생각나지 않지만 난 유별난 아이였단다. 아기였을
때 걸핏 하면 울고, 낮과 밤이 바뀌어서 밤새도록 안 자
고. 또 조금 커서는 할머니한테 껌처럼 붙어서는 어린
이집도 안 간다고 했단다.

그런데 엄마도 딱 나 같았다고 했다. 엄마가 어렸을

때는 어린이집도 없고, 유치원도 흔히 가지 않아서 할
머니는 엄마가 초등학교에 입학할 때까지 혼자만의 시
간을 가져 본 적이 없다고 했다. 뭐 엄마가 커서도 별로
달라질 것은 없었을 테지만.

엄마가 초등학교에 입학하자마자 할아버지가 세상을
떠났고 할머니는 할아버지를 대신해 가장이 되었다고
했다. 할머니 인생을 생각해 보니 할머니는 꼭 아침 드
라마에 나오는 사연 많은 여주인공 같다.

"할머니가 없으면 엄마도 없고 너도 없어. 엄마랑 혜

나 네가 할머니 인생 전부야. 하지만 할머니한테도 할
머니만의 인생이 필요해. 할머니는 지금껏 할머니를 위
해 뭘 해 보신 적이 없잖아."

　엄마 말을 알 것 같기도 하고 모를 것 같기도 하다.
또 맞는 것 같기도 하고 안 맞는 것 같기도 하다.

　"이제 혜나가 많이 컸으니까 할머니한테도 자유 시간
을 좀 드렸으면 좋겠다는 생각이 들어. 할머니가 배우
고 싶은 것이 있대. 더 늦기 전에 꼭 배우고 싶다고 하
셔. 그래서 요즘 집을 자주 비웠나 봐. 혜나랑 엄마랑
할머니를 좀 이해해 드리자."

　"할머니가 배우고 싶은 게 뭔데?"

　"글쎄, 그것까지는 안 여쭤봤어. 뭐 노래나 춤 같은
거 아닐까? 할머니들 그런 거 많이 하시니까."

　할머니가 진짜 미울 때도 많다. 그리고 할머니가 만
만할 때도 많다. 할머니 잔소리 폭탄이 끔찍하기도 하
지만 솔직히 아홉 살 때까지만 해도 난 할머니가 재워
주지 않으면 혼자 잠들지도 못했다.

할머니에 대한 내 마음은 오락가락이다. 할머니는 나한테 엄마 대신이다. 엄마는 엄마지만 늘 내 옆에 있는 사람은 할머니다.

그런데 할머니는 손녀인 나보다 할머니 딸인 엄마가 항상 먼저다. 그래서 할머니가 밉기도 하고 할머니가 날 더 좋아했으면 하고 바랐다. 설명할 수 없는 이상한 마음이다. 할머니도 날 더 좋아해야 하고 엄마도 날 더 좋아해야 하고 내가 욕심이 많은 걸까?

난 할머니가 나가는 게 싫은 게 아니라 할머니한테 나와 엄마보다 더 중요한 일이 생기는 게 싫었는지도 모른다.

학교에서 자꾸 할머니 생각만 났다. 그리고 수업이 끝나자마자 결심했다. 할머니한테 사과하기로.

"치, 왜 전화를 안 받는 거야. 도대체 뭘 배우길래."

무려 세 번이나 전화를 했는데도 할머니는 전화를 받지 않았다. 슬슬 화가 나기 시작했다. 할머니한테 사과하려고 했던 마음이 또 홀랑 뒤집히려고 한다.

"맞다. 그때 할머니가 사라졌던 골목으로 가 볼까? 거기 가면 할머니를 찾을 수 있을지도 몰라."

나는 마을버스를 타고 할머니를 봤던 골목을 찾아갔다. 하지만 할머니가 어디로 들어갔는지 알 수는 없었다. 골목 끝에는 작은 상가가 있었는데 그 상가에는 기원, 의상실, 중국집, 수예점, 미술 학원, 한의원, 커피숍 등 가게가 많이 있었다. 나는 마음을 차분히 가라앉히고 한 곳씩 살펴보기로 했다.

"여기도 아니네. 대체 어디 있는 거야."

상가 맨 끝 쪽에 있는 기원과 교습소라는 곳을 빼고는 다 들어가 보았지만 할머니는 없었다. 할머니가 바둑에 취미가 있었나? 아무리 생각해도 기원은 아닌 것 같다. 그럼 남은 곳은 교습소이다.

교습소는 뭘 하는 곳일까 하고 기웃거리는데 얼핏 우리 할머니랑 비슷한 할머니가 교습소로 들어가는 것 같았다.

'어? 우리 할머니인가?'

나는 교습소 앞에서 한참을 서성이다 들어가 보기로 마음먹었다.

왠지 긴장이 돼서 심호흡을 하고 문을 열었다.

"하나, 두울, 세엣. 다리 모으고! 하나, 두울, 세엣. 음악에 맞춰서! 원, 투. 원, 투."

문을 연 나는 깜짝 놀랐다. 거긴 댄스 교습소였다. 벽면이 거울로 둘러싸인 곳에서 우리 할머니가 몇몇 할머니들과 선생님을 따라 열심히 춤을 추고 있었다. 그것도 요즘 최고로 유행하는 걸 그룹의 춤을.

너무 황당하다. 아니 당황스럽다. 아니 어이없다. 뭐라고 설명해야 될지 모르겠다. 할머니가 그동안 날 두고 배우러 다닌 게 춤이라니……. 도대체 할머니는 저기서 뭘 하는 거지?

우리 할머니는 무려 72세다. 그런데 할머니가 지금 핫팬츠에 레깅스를 입고 신나는 걸 그룹의 음악에 맞춰서 춤을 추고 있다. 우리 할머니뿐만이 아니다. 할머니와 춤을 추는 사람들 모두 할머니다. 다들 쪼글쪼글한

할머니들이다. 나는 너무 놀라 입이 떡 벌어졌다. 이건 신기한 사람들이나 재미있고 독특한 사람들이 출연하는 텔레비전 프로그램에 나올 일 같다. 좀 젊어 보이는 할머니도 아니고 누가 봐도 연세 많은 할머니들이 저렇게 신나게 춤을 추다니 믿어지지가 않는다.

"거기, 누구?"

구경하고 있던 나를 발견한 선생님이 묻자 춤을 추던 사람들의 시선이 나에게 집중되었다.

"혜, 혜나야?"

할머니가 나를 봤다. 나도 할머니를 봤지만 아무런 말이 나오지 않았다. 사실은 여기서 뭐 하냐고 소리를 지르고 싶은 마음을 꾹꾹 참고 있었다.

"누구? 댄서송 손녀님?"

선생님은 사뿐사뿐 걸어 내 곁으로 다가왔다. 할머니가 우물쭈물하다 고개를 끄덕였다.

"네가 우리 댄서송 님 손녀딸이구나. 할머니가 네 얘기 많이 하셨어. 아직 수업 안 끝났으니까 이야기는 이따 하고 여기 앉아서 잠시만 구경하렴.”

나는 당장에라도 할머니 손을 잡고 교습소를 나가고 싶었지만 선생님이 이끄는 대로 강의실 한쪽에 있는 소파에 앉았다. 잠시 당황한 표정이었던 할머니는 선생님이 다시 음악을 틀자 몸을 흔들기 시작했다.

내 앞에 서 있는 사람은 분명 송말년 여사가 맞는데 내가 알던 송말년 여사가 아닌 것 같았다. 아주 뚱뚱하지는 않지만 전형적인 할머니 몸매에 뽀글뽀글 머리 그리고 멋이라고는 전혀 낼 줄 모르는 우리 할머니가 저렇게 멋지게 춤을 추다니.

난 할머니는 집에서 빨래하고, 설거지하고, 요리만 할 수 있는 줄 알았다. 할머니가 저런 옷을 입고 저런 춤을 출 수 있는 줄은 꿈에도 몰랐다.

부글부글 끓어오르던 화가 나도 모르게 조금 수그러들었다. 그리고 나도 모르게 할머니의 춤 속으로 빠져들어 버렸다.

댄서송

"자, 모두 수고하셨습니다!"

드디어 수업이 끝났다. 할머니가 다가오는데 왠지 낯설고 어색했다.

"혜나야, 지금 학원 갈 시간이잖아? 어째 지금 네가 여기에 있냐?"

할머니는 잔소리를 하고 있긴 하지만 내 눈치를 보고 있었다. 나도 이제 그쯤은 다 보인다.

가까이서 보니 할머니 얼굴과 온몸에 땀이 흐르고 있었다. 쪼글쪼글 주름진 할머니 얼굴 사이로 흐르는 땀을 보니 기분이 이상하다. 조금 전까지 신나게 춤을 추던 사람이 할머니라는 게 더 믿기지 않는다.

"어머, 네가 댄서송 손녀구나. 예쁘기도 해라."

"안녕하세요."

다른 할머니들이 탈의실로 가면서 할머니와 나에게 계속 인사를 건넸다. 그러는 바람에 할머니와 나는 얘기를 할 수가 없었다.

"댄서송, 샤워 안 해?"

"혜나야, 할머니 샤워하고 올 테니까 조금 기다려. 긴 얘기는 나가서 하자."

할머니는 다른 할머니들과 샤워하러 갔다.

"할머니가 손녀딸이 정말 예쁘다고 늘 자랑했는데 듣던 대로 예쁘구나."

멍하니 앉아 있는데 선생님이 주스를 갖다 주었다. 가까이서 보니 선생님도 좀 나이가 들어 보였다. 우리 엄마 보다는 훨씬 나이가 많아 보였다.

"혜나야, 할머니 춤추는 모습 정말 멋지지? 할머니,

진짜 춤 잘 추셔. 그동안 춤추고 싶은 거 어떻게 참고 지내셨는지 모르겠다."

선생님의 말이 내 마음을 흔들었다. 우리 할머니가 춤을 추고 싶어 하는 줄은 까맣게 몰랐다. 아니, 한번도 할머니가 뭘 하고 싶어 하는지에 대해 생각해 본 적 없다. 할머니는 늘 나에게 뭔가를 해 줘야 하는 사람이라고 생각했으니까.

"사실 나도 굉장히 늦게 춤을 시작했거든. 아이들 다 키우고 꿈이 먹는 건가 뭔가 이런 생각이 들 때쯤 춤을 추기 시작했어. 그래서 혜나 할머니 같은 분을 보면 반가워. 존경스럽기도 하고."

나는 선생님을 물끄러미 바라봤다. 가만 보니까 흰 머리도 보였다.

"할머니가 네 걱정 많이 하더라고. 할머니가 혜나를 많이 사랑하시는 것 같더라. 세상 모든 할머니가 그렇겠지만 혜나 할머니는 더욱 손녀에 대한 마음이 아주 특별한 것 같아."

할머니가 나에 대한 마음이 특별하다는 말에 나는 멍해졌다. 할머니를 미워하는 내 마음에 누군가 기습 공격을 해 온 것 같다.

"할머니는 누구보다 춤을 추고 싶어 하면서도 처음에는 무척 망설이셨어. 할머니 시간이 많아지면 그만큼 혜나가 외롭고 힘들어질 것 같다고. 근데 내가 그랬지. 할머니가 할머니 인생을 열심히 살면 혜나도 더 어른스러워지고 멋져질 거라고. 그렇지?"

난 선생님 말에 아무런 대답도 못했다. 마음과 말과 생각이 마구 뒤섞여서 아무런 말도 나오지 않았다. 머리로는 어느 정도 할머니를 이해할 수 있을 것 같다. 할머니도 하고 싶은 일이 있고 할머니한테도 할머니 시간이 필요할 수 있다. 충분히 그럴 수 있다.

하지만 마음으로는 그냥 할머니가 밉고 섭섭하다. 할머니가 이제 와서 무용가가 될 것도 아닌데 춤은 배워서 뭐 하지? 할머니 할 일은 나 챙겨 주는 거 아닌가?

샤워를 마친 할머니가 성큼성큼 걸어왔다. 선생님은

내 어깨를 톡톡 두드리고 눈인사를 했다.

　할머니와 나는 교습소를 나섰다. 계단 내려갈 때 보면 우리 할머니가 맞다. 조심조심하면서 진짜 할머니처럼 걷는다.

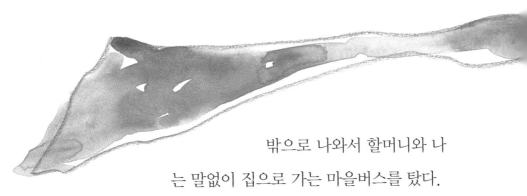

밖으로 나와서 할머니와 나
는 말없이 집으로 가는 마을버스를 탔다.

"할머니, 어떻게 된 거야?"

마을버스에서 내린 할머니가 아무 말 없이 걷기만 하
자, 참다못해 내가 먼저 물었다.

"어떻게 되긴, 너도 많이 컸고 하니 할미도 이제 할미
꿈도 이루고 인생도 찾으려고."

"어? 인생을 찾다니 그게 무
슨 소리야?"

난 왈칵 짜증이 났다. 내 간식
도 안 챙겨 주고 춤추러 다녔으면서
왜 갑자기 꿈이니, 인생이니 하는 얘
기를 꺼내는 걸까?

"더 늦기 전에 할미도 정말 하고 싶은
걸 좀 해 보려고 그런다."

"정말 하고 싶은 거?"

할머니는 다리가 아픈지 벤치에 앉았다. 그러고는 다
시 말을 시작했다.

"할미 꿈이 원래 춤추는 거였어. 너 혹시 홍신자라고
아냐?"

"홍신자? 그 사람이 누군데? 할머니 친구야?"

오늘따라 할머니는 알다가도 모를 얘기만 한다.

"무용가여. 아주 유명한 무용가. 지금 나이가 70이

넘었어. 그런데도 그 사람은 아직도 공연을 한다지 뭐
냐. 그 사람 공연을 얼마 전에 봤는데 가슴이 막 쿵쾅쿵
쾅 뛰더라고."

할머니는 가슴이 뛴다는 얘길 하면서 눈이 반짝반짝
빛나고 주름진 얼굴에 미소가 가득해지고 마치 소녀 같
았다.

"그날부터 춤이 정말 배우고 싶다는 생각이 들지 뭐
냐. 기회가 안 돼서 그렇지, 이 할미도 어릴 때 춤을 추
는 게 꿈이었거든. 생각해 보니까 그 꿈이 아직도 남아
있지 뭐냐. 꿈은 이루어진다잖냐."

할머니가 꿈 얘기를 하니까 정말 이상했다. 꿈은 나
처럼 어린이들만 생각하는 줄 알았다.

어른들이 만날 어린이들한테 넌 꿈이 뭐니? 라고 물
어보기도 하고.

"할미가 다 늙어서 주책 같지? 하지만 문득 이런 생
각이 들더라고. 사람이 꿈꾸는데 나이가 뭐 중요한가,
자기가 해 보고 싶은 것도 못 해보고 죽으면 너무 억울

하겠다.”

난 아무 말도 할 수가 없었다. 머리가 멍하기도 하고 누가 내 머릿속을 헤집어 놓은 것처럼 너무 복잡했다. 무슨 말을 어떻게 해야 좋을지 모르겠다. 할머니한테 막 따지려고 했는데 뭘 따져야 하고, 내가 왜 따져야 하는지 헷갈린다. 그래서 잠자코 할머니 얘기를 듣기만 했다.

“혜나야, 이왕 이렇게 너한테 들킨 거 할미가 부탁 하나만 하자. 이 할미 부탁 들어줄 수 있겠냐?”

할머니는 정말 진지한 표정이었다. 나도 모르게 말없이 고개를 끄덕였다. 조금 전까지만 해도 나는 춤을 추는 할머니를 이해할 마음 같은 건 조금도 없었는데 이상한 일이다.

“할미한테 혜나 네가 소중하지만 춤도 중요한 것 같아. 할미 좀 이해해 주면 안 되겠냐? 참 그리고 네 엄마는 내가 춤 배운다고 하면 별로 안 좋아할 게다. 그러니까 엄마한테는 할미 꿈이니 뭐 이런 얘기는 비밀로 해

줘라."

　엄마라면 당연히 그럴 거다. 엄마는 은근히 체면을 중요하게 생각한다. 그래서 노래자랑에 나와 막 춤추는 사람들을 보면 눈살을 찌푸리곤 한다.

　"할미는 꼭 춤 배우고 싶어. 그리고 공연도 하고 싶고. 생각만으로도 가슴이 벅차다. 혜나야, 넌 상상이 가냐? 이 할미가 무대에서 춤추는 거?"

　할머니 눈에서는 금방이라도 눈물이 떨어질 것 같았다. 그 순간 할머니가 왠지 내 친구처럼 느껴졌다. 아주 조심스럽게 비밀로 간직했던 이야기를 털어놓는 내 친구 같았다.

　정말 우리 할머니 송말년 여사가 맞나? 만날 돈 아껴 쓰라고 잔소리만 하는……. 난 할머니를 보고 또 봤다. 난 할머니를 와락 끌어안았다.

　"할머니, 우리 할머니 짱 멋있어. 아까 보니까 춤도 제일 잘 추더라."

　난 무조건 할머니 편이 되기로 마음먹었다. 사실 조

금 전만 해도 할머니가 날 팽개치고 춤추러 다닌 것 같아서 엄청 화가 났었는데 이건 화낼 일이 아닌 것 같다. 난 할머니가 꿈을 이루는 걸 꼭 돕고 싶어졌다.

할머니, 누구 편이야?

"으악! 어떻게 해. 완전 엉망진창이다."

나는 시험지를 구겨 버렸다. 내 눈으로 보고도 믿을
수가 없는 점수다. 나 이렇게까지 공부 못하지는 않는
데 요즘 학원을 너무 빠졌나 보다. 엄마가 알면 난 정말
끝장이다. 싱가포르에 있는 아빠한테 내 성적 알려 준
다고 하면 어쩌지?

"혜나야, 너 시험 잘 봤어? 어때?"

주희는 계속 웃는 얼굴이다.

"난 어쩌면 A반 갈 수 있을 것 같아."

주희는 입이 귀에 걸렸다. 괜히 얄밉다. 주희가 내 성적을 떼어 간 것도 아닌데.

"우와, 진짜? 너 A반 가면 엄마가 스마트폰 사 주신다고 했다며?"

주희의 말에 아영이가 호들갑을 떨었다.

"응. 나 스마트폰 살 수 있을 것 같아."

얄미운 오주희. 성적도 오르고 A반으로 가고, 게다가 스마트폰까지 생기나 보다. 난 어쩌지? 이 성적이면 지금 있는 반에서도 밀려날 것 같은데.

"나 먼저 갈게."

나는 구거진 시험지를 주머니에 넣고 학원을 나왔다. 분명 애들은 떡볶이를 먹으러 가자고 할 거다. 그럼 오주희가 한턱 낸다고 하겠지. 이런 기분으로 떡볶이를 먹으면 체할 게 뻔하다.

오늘은 학원에서 두 달에 한 번 치르는 시험 성적이 나오는 날이다. 이 성적순으로 반을 나눈다. 오늘까지는 나랑 친구들 모두 B반이었다. 하지만 난 이제 C반으로 가게 될 거다. 오주희는 A반으로 갈 거고. 아, 정말 속상하다.

터덜터덜 걸어서 집으로 가는데 누군가 내 등을 쳤다. 돌아보니 우리 할머니였다. 댄스 학원에 다녀오는 길인가 보다.

"야가 왜 이렇게 어깨가 축 처졌어."

"할머니, 나 어떻게 해? 나 이제 엄마한테 죽었어."

"뭔 일이냐? 뭔 일인디 네 에미가 널 죽이기까지 해?"

"나 시험 엄청 못 봤어. 학원에서 제일 꼴찌 반에 가게 생겼어."

"워메…… 꼴찌 반?"

할머니도 놀란 표정을 지었다. 우리 엄마는 어릴 때부터 공부를 엄청 잘해서 할머니 속을 썩인 적이 없다고 했다. 학원도 다녀 본 적 없고.

"할머니, 난 누굴 닮아서 이렇게 공부를 못할까?"

"인자 4학년밖에 안 됐는데 뭘 그냐? 앞으로 더 잘

하면 되지!"

난 할머니 얼굴을 봤다. 할머니가 이런 말을 할 줄은 몰랐다. 비싼 돈 내고 학원 다니는데도 공부도 못하느 냐고 혼낼 줄 알았다.

"이번에 학원도 많이 빠지고 할미랑 춤춘다고 공부 많이 못 해서 그런 거 아니냐?"

사실 할머니 말이 맞기도 하다. 할머니랑 춤 연습 하 고, 또 학원 안 가고 할머니 따라 교습소도 몇 번이나 갔다. 할머니네 댄스 교습소에 가면 난 인기가 많다. 선 생님도 내가 춤에 소질 있다면서 엄청 예뻐해 주신다. 난 학원에 가서 공부하는 것보다 댄스 학원에서 칭찬 들으면서 춤추는 게 훨씬 즐겁다. 그래서 실은 학원 시 험 보는 날짜도 헷갈렸다.

"언능 집에 가자. 집에 드가서 우리 맛있는 저녁 먹고 신나게 춤이나 한판 춰 불자."

할머니와 나는 재빨리 저녁을 먹고 거실 탁자까지 치 우고 춤출 준비를 했다.

할머니의 공연이 얼마 안 남아서 연습이 필요했다. 할머니는 무늬가 꽤 요란해 보이는 옷으로 갈아입었다.

"좀 남사스럽긴 하지?"

"아냐. 할머니, 진짜 잘 어울려. 예쁘다니까."

진심이다. 할머니는 걸 그룹처럼 날씬하지 않다. 오히려 울퉁불퉁한 몸매다. 그런데도 젊은 사람이 입는 티셔츠가 잘 어울린다. 내 눈에는 그렇다.

"자, 할머니 중간에 손동작 헷갈리지 말고."

나는 튀김용 나무젓가락으로 할머니의 선생님처럼 박자를 맞추는 흉내를 냈다. 할머니는 거실 유리문을 거울로 삼아 신나게 몸을 흔들었다. 할머니와 나는 거실에서 안방으로 안방에서 작은 방으로 무대를 옮겨 다니며 신나게 춤췄다.

음악에 몸을 맡기고 신나게 춤을 추니 섭섭했던 일도 모두 사라지는 것 같았다. 춤을 출 때는 할머니랑 내가 세상에서 마음이 가장 잘 통하는 친구 같다.

늘 내게 잔소리 폭탄을 던지는 할머니가 아니라 내

춤 솜씨를 칭찬해 주고 박수를 보내며 날 부러워해 주는 내 단짝 친구 같다.

"엄마! 박혜나!"

갑자기 음악 소리가 꺼졌다.

"뭐야? 대체 이게 뭐 하는 거야?"

마법에서 깨어난 사람처럼 난 정신을 차렸다. 내 눈앞에는 화난 얼굴의 엄마가 서 있었다.

할머니도, 나도 열심히 춤추느라 엄마가 현관문을 열고 들어오는 줄도 몰랐다. 나는 너무 놀라서 심장이 얼어붙는 것 같았다.

"아니, 도대체 지금 뭐 하는 거야? 엄마, 대체 그 옷은 뭐야?"

엄마는 기가 막힌다는 표정으로 할머니 옷을 훑어보았다.

"박혜나, 넌 도대체 뭘 하고 다니기에 학원에서 엄마한테 그런 전화가 와?"

엄마는 심호흡을 했다. 이건 엄마가 아주 많이 화가

났다는 뜻이다.

"엄마는 대체 혜나 안 돌보고 집에서 뭐 해요? 그 옷은 또 뭐예요? 박 서방이 없기에 망정이지. 이걸 봤어봐. 무슨 망신이에요."

"망신이라니? 할미가 손녀랑 춤추고 유행하는 옷 좀 입는 게 망신이냐?"

어라, 할머니랑 엄마는 한 번도 싸운 적이 없다. 엄마는 늘 할머니의 자랑스러운 딸이었으니까.

"아니, 그게 아니라. 엄마가 지금 나이가 몇인데 그런 옷을 입고. 아니, 대체 왜 춤을 추고 있는 거예요?"

"내가 춤 연습 좀 했다. 곧 공연이라서."

"엄마 취미 활동하는 것도 좋지만 그깟 춤춘다고 혜나까지 물들이면 어떻게 해요?"

"그깟 춤이라니? 너 엄마한테 말버릇이

그게 뭐냐?"

세상에서 제일 재미있는 게 싸움 구경이라는데 난 하나도 재미없고 무섭기만 했다. 내가 11년을 살아오면서 엄마랑 할머니가 서로한테 저렇게 화를 내는 건 처음 봤으니까.

"혜나 얘가 오늘 학원에서 시험을 엉망진창으로 봤대요. 그래서 꼴찌 반으로 간대. 정말 못 살아. 요즘 학원도 자주 빠지고 성적도 안 좋대요. 벌써부터 학원 땡땡이 치고 놀러 다닐 궁리나 하고. 내가 못 살아. 대체 누굴 닮아 저러는 건지?"

엄마는 소파에 앉더니 한숨을 내쉬었다. 나는 아무 말도 못 하고 입술만 깨물었다.

"너 닮아 그런 거지. 누굴 닮았겠냐?"

할머니의 말에 나는 너무 깜짝 놀라서 하마터면 소리를 지를 뻔했다.

"엄마, 지금 그게 무슨 말이에요?"

"너도 어릴 때 노는 거 좋아했어. 노는 거 싫어하는 사람이 어디 있냐? 그리고 아직 어린데 놀면 좀 어때? 넌 놀기도 잘해야 공부도 잘한다는 말도 모르냐?"

"엄마는 지금 무슨 말을 하는 거예요? 혜나가 벌써 4학년이라고요. 지금부터 공부 열심히 안 하면 좋은 대학 못 가요. 박혜나! 넌 대체 왜 이렇게 엄마를 힘들게 하니? 버릇도 없고, 공부도 못하고, 잘하는 것도 하나 없고! 정말 속상해 죽겠다."

엄마 말은 틀린 게 하나도 없다. 난 할머니한테 걸핏하면 말대꾸나 하는 버릇없는 애고, 잘하는 것도 하나 없다. 틀린 말이 하나도 없는데 너무 속상하다.

"혜나가 왜 잘하는 게 없냐? 혜나만큼 착한 애가 어디 있냐? 그리고 우리 혜나는 머리도 엄청 좋아."

할머니가 내 편을 들고 있다.

"엄마, 제발요. 엄마가 자꾸 혜나 편만 들고 혜나 감싸면 하나도 도움 안 돼요. 제가 제발 그러지 마시라고 했잖아요. 혜나 생각하시면 더 혼내고 더 야단치면서 기르세요. 그게 혜나 위하는 거예요."

엄마 말에 할머니는 뭔가 말하려다 화장실로 들어가 버렸다. 난 순간 큰 비밀을 알게 된 것 같은 기분이 들었다. 혹시 할머니가 잔소리 폭탄을 날리면서 엄마 편만 들게 된 건 다 엄마 때문인 걸까?

"박혜나! 너 오늘 엄마한테 혼날 줄 알아. 할머니 속이고 엄마 속이고 학원이나 빼먹고. 대체 뭐가 되려고 그래? 잘하는 게 없으면 성실하기라도 해야지!"

엄마 목소리가 점점 날카로워졌다.

"너 학습지 가져와 봐. 학원 문제집도 가져와."

엄마는 내 서랍도 막 뒤지기 시작했다.

"이게 뭐야? 왜 이런 쓸데없는 걸 사다 모아?"

엄마는 내 서랍에서 내가 좋아하는 스티커랑 액세서

리 같은 것들을 마구 꺼내며 화를 냈다.

그러자 할머니가 엄마를 말렸다.

"너 지금 뭐 하냐? 왜 갑자기 애를 잡어? 혜나가 무슨 대학 시험에 떨어진 것도 아니고 학원 시험 갖고 왜 그러냐? 그리고 혜나가 왜 잘하는 게 없냐? 얘 춤 엄청 잘 춘다."

"춤이요? 엄마, 그깟 춤 잘 춰서 뭐하게요?"

엄마는 황당하다는 표정을 지었다.

하지만 난 그런 반응을 보이는 엄마가 좀 실망스러웠다. 아니 황당했다. 얼마 전에 할머니의 취미 생활을 이해하라고 날 설득했으면서 지금은 왜 그깟 춤이라고 하는 걸까? 춤추는 게 얼마나 힘든데.

"너 춤추는 게 얼마나 어렵고 전문적인 일인지는 알고나 하는 소리냐? 뭐든 하나만 잘하면 되지. 그리고 넌 애가 뭘 좋아하는지는 아냐? 혜나가 나랑 춤추면서 얼마나 행복한지 아냐고?"

할머니가 엄마에게 불같이 화를 냈다. 그것도 내 편

에 서서.

"엄마는 가만 좀 계세요. 박혜나! 너 숙제 했어? 빨리 학습지 가지고 와! 너 학습지 밀렸으면 혼날 줄 알아?"

할머니는 오늘 완전히 내 편이다. 난 엄마한테 혼나고 있는데도 지금 기분이 좋다.

"왜 갑자기 학습지 타령이냐? 사람은 자기가 좋아하는 걸 하면서 행복하게 살아야 하는 거다. 사람이 꼭 너처럼 좋은 대학 나와 좋은 직장 다녀야 행복한 거냐? 넌 지금 행복하냐?"

할머니의 말에 엄마는 힘이 빠진 얼굴로 소파에 털썩 주저앉았다. 그리고 할머니랑 나를 말없이 바라보았다.

우리 생애 가장 특별한 순간

"할머니, 절대 긴장하면 안 돼!"

"야, 할미보다 네가 더 긴장하고 있으면서 뭘 그러냐? 너 손 떨고 있잖냐."

"어? 어."

휴, 정말 떨린다. 태어나서 오늘처럼 긴장되고 떨려 보기는 처음이다. 오늘은 할머니의 방송 댄스 발표회 날이다. 그런데 나도 할머니와 함께 무대에 올라간다. 나도 할머니와 함께 댄스 교습소에 다니는 거나 마찬가지니까.

"그나저나 네 엄마는 왜 이렇게 안 오냐?"

"오겠지? 온다고 했으니까. 엄마가 약속은 지키는 사람이잖아."

공연 시작까지는 이제 5분도 안 남았다. 엄마가 과연 회사 조퇴하고 할머니와 내가 춤추는 걸 보러 와 줄까?

며칠 전 그날 밤, 엄마는 싱가포르에 있는 아빠와 영상 통화까지 하며 펑펑 울었다. 할머니랑 나는 졸지에 엄마를 울린 나쁜 사람이 되었다. 꼭 할머니랑 내가 편먹고 엄마를 울린 기분이었다.

한동안 엄마는 할머니랑 나한테 아무 말도 안 했다. 아침에 일찍 출근하고 늦게 퇴근하고. 마치 엄마가 할머니랑 나를 따돌리는 것 같았다.

며칠 만에 일찍 퇴근한 엄마는 치킨과 맥주를 사 왔다. 물론 나는 콜라를 마셨다. 엄마는 할머니랑 나한테 건배를 하자고 하더니 뜻밖의 이야기를 꺼냈다.

"아직 어리니까 네 길이 춤이다, 공부다 이렇게 결정

하지 말고 하고 싶은 거 해 봐. 대신 성적 너무 떨어지면 안 돼. 내가 댄스 교습소 가 봤는데 원장님이 엄마도, 혜나도 좋게 보신 것 같더라."

"뭐냐? 너 우리 뒷조사했냐?"

할머니는 엄마 말을 듣고 좀 기분 나빠 했다.

"엄마는 내가 무슨 뒷조사를 했다고 그래요? 엄마가 저한테 행복하냐고 물었잖아요. 그 말 듣고 나 생각 많이 했거든요. 내가 좋아서 은행에 취직했고 보람도 많이 느끼지만 바쁘게 살다 보니 힘들 때도 많아요. 그나마 엄마가 혜나도 돌봐 주고 살림도 봐 주니 다행이지만 안 그랬다면 정말 힘들었을 것 같아요."

할머니는 엄마 말에 고개를 끄덕이며 맥주를 한 모금 마셨다. 내가 생각해도 엄마는 늘 바쁘다. 엄마는 나를 낳고 대학원에도 다녔다고 했다. 그래서 지금 우리 엄마는 은행에서도 꽤 높은 사람이다. 할머니는 우리 엄마가 엄청 대단한 사람이라고 내 귀에 못이 박히도록 얘기했다. 할머니가 노인정에서 엄마 얘기를 하면 사람들이 다 부러워한다고 했다. 하지만 아주 가끔 할머니는 엄마가 안쓰럽다고 했다. 만날 바쁘고 일에 치여 산다면서. 이랬다저랬다 하는 게 할머니 특기니까 그런가 보다 했는데 엄마도 힘들 때가 있었나 보다.

"혜나야, 세상에 공짜로 얻어지는 건 하나도 없어. 좋은 대학에 가려면 그만큼 실력을 갖추기 위해 공부를 해야 하고, 또 좋은 직장에 들어가기 위해서도 마찬가지야. 뭐 꼭 좋은 대학 나오고, 좋은 직장에 들어가야 성공하는 건 아니지만."

엄마는 갑자기 말을 멈추고 맥주를 한 모금 마셨다. 엄마 얼굴이 너무 심각하다. 치킨을 먹고 싶은데 손과 입에 양념을 묻히면서 짭짭 닭다리를 먹을 분위기가 아니다.

"사람이 좋아하는 일을 하면서 생활을 꾸려 나갈 수 있는 돈도 벌면 좋은데 그렇지 못한 경우가 많거든. 연예인들도 겉보기엔 화려하지만 힘든 경우도 많대."

엄마는 왜 갑자기 이런 이야기들을 하는 걸까? 나는

멍하니 치킨이 식어 가는 것을 바라보았다. 할머니 따라 몇 번 댄스 교습소에 갔었다. 처음엔 멍하니 구경만했는데 원장님이 자꾸 해 보라고 해서 나도 함께 춤을췄다. 그런데 원장님이 내가 리듬감도 있고 유연하다면서 춤에 소질이 있다고 칭찬해 주었다. 원장님이 엄마한테도 내가 춤에 소질이 있다고 얘기했나 보다.

"그러니까 엄마 말은 혜나가 춤에 소질도 있고, 좋아

하니까 할머니랑 같이 춤을 배우는 거 허락한다고. 그런데 학원도 다녀야 해. 교습소는 일주일에 한 번만 가고. 우선 취미로. 공부가 먼저야."

이야기가 이상한 방향으로 흘러갔다. 난 사실 춤추는 사람이 되고 싶다는 말을 한 적이 없다. 그런데 드라마에 나오는 것처럼 내가 춤을 너무 좋아해서 부모님의 반대를 무릅쓰고 춤을 추겠다고 한 어린이가 됐다.

"원장 선생님이 널 공연에 참가시키겠다고 하더라. 엄마 생각에는 좋은 기회인 것 같아. 그리고 엄마, 난 엄마가 좀 더 고상한 취미를 가졌으면 좋겠다고 생각했는데 엄마가 건강해지고 즐겁다면 반대할 이유는 없을 것 같아요."

할머니도 나처럼 당황한 표정이다. 할머니가 춤 배우는 걸 알았을 때 엄마는 할머니도 할머니 시간이 필요하다고 했었다. 그러면서 할머니가 춤추는 것을 이해하라고 했었다. 그런데 마음속으로는 은근슬쩍 춤추는 취미가 싫었나 보다.

"내가 뭐 네가 반대한다고 춤 안 추러 다닐 줄 알았냐? 그리고 혜나가 언제 춤추는 사람 되겠다고 했냐? 아직 그럴 단계 아냐. 그냥 어리니까 이것저것 좋아하는 것 좀 해 보게 놔두자는 거지. 암튼 넌 너무 공부만 해서 융통성이 없다. 매사 왜 그렇게 심각하냐?"

갑자기 시원하게 톡 쏘는 콜라를 마신 것처럼 속이 시원하다. 엄마는 왜 혼자서 이상한 생각을 하고 결정을 내리고 허락까지 하는 자리를 마련한 거지? 할머니랑 나는 그냥 춤추는 시간이 즐거운 것뿐인데.

"암튼 뭐 혜나가 춤 배우는 거 찬성한다고요. 그리고 공연도 보러 갈게요."

엄마는 민망한지 말없이 맥주만 꿀꺽꿀꺽 마셨다.

"참, 대신 혜나 너 성적에도 신경 써. 좋아하는 일을 하면 스트레스도 풀리고 하니 공부하는 것도 더 즐거울 거야."

역시 엄마는 우리 할머니 딸이다. 잔소리는 유전되는 게 틀림없다.

뭐 어쨌든 난 일주일에 한 번씩 할머니랑 정식으로 춤을 배우게 됐다. 댄스 교습소에서 춤을 배우니 진짜 즐거웠다.

난 교습소에 다닌 지 얼마 되지 않았지만 오늘 무대에 서게 됐다.

"자, 준비하세요. 다들 긴장하지 마시고요. 우리 귀염둥이 혜나만 따라 하세요."

난 댄스 교습소에서 최고 귀염둥이다. 할머니들이 아주 아주 예뻐해 주신다. 칭찬을 많이 받아서 춤도 더 잘 춰진다.

오늘도 난 중앙에 선다. 드디어 우리 차례가 됐다. 심장이 두근두근 뛰었다.

할머니는 내 손을 꼭 잡았다. 이제 함께 무대에 오를 할머니와 나는 더 이상 잔소리 폭탄 할머니랑 야단만 맞는 말썽쟁이 손녀가 아니다. 한 무대에서 신나게 춤을 추는 친구다.

"자, 조명이 꺼지면 앞 팀이 반대쪽 계단으로 내려갈 거예요. 그럼 무대 위로 올라가시면 돼요."

드디어 앞 팀의 공연이 끝나고 조명이 꺼졌다.

"혜나야, 힘내!"

"응, 할머니! 할머니도 파이팅!"

할머니와 나는 서로에게 브이를 그려 주었다. 그리고 발소리를 내지 않고 조용히 무대에 자리를 잡았다. 조명이 켜지자 객석에서 함성이 터져 나왔다. 할머니 춤꾼들이라고 소개됐지만 평균 나이가 70세를 넘은 할머니들이 걸 그룹의 옷차림으로 무대를 가득 채우고 있으니 놀란 모양이다.

하긴 나도 처음 댄스 교습소에서 춤추는 할머니들을 봤을 때 엄청 놀랐다. 그땐 할머니들이 분장도 안하고 지금처럼 핫팬츠도 안 입고 계셨다. 지금 할머니들은 업스타일 머리에, 색색의 레깅스에, 핫팬츠에, 귀걸이까지 내가 봐도 놀랄 지경이다.

"인생은 60부터라는데 아니, 우리들 생각엔 70부터

가 진짜 인생입니다. 오늘은 우리 할머니들의 생애 가장 특별한 순간입니다. 누구의 엄마에서 누구의 할머니로 이름도 잃어버린 채 살아가던 우리가 용기를 냈습니다. 조금 서투르더라도 예쁘게 봐 주십시오. 여러분들과 다시 오지 않을 아주 특별한 순간을 함께하게 되어 영광입니다. 지금도 팔딱팔딱 뛰는 우리 70대의 춤을 지켜봐 주세요. 뮤직 큐!"

할머니들 중에 제일 나이가 많은 김 할머니가 할머니들을 대표해 인사를 했다. 객석에서 다시 박수와 함성이 터져 나왔다. 김 할머니는 올해 78세다. 나는 얼른 김 할머니에게 엄지를 추켜올렸다. 김 할머니 눈가에 물기가 아른거렸다.

그때 객석에 앉아 있는 엄마가 보였다. 어느새 왔는지 엄마는 제일 앞자리에 앉아 있었다.

드디어 음악이 무대를 가득 채우기 시작했다. 나는 눈을 감았다. 그리고 모든 것을 잊고 신나게 춤을 췄다.

"와! 멋지다!"

"우리 딸 최고! 우리 엄마 최고!"

시간이 멈춰 버린 듯한 느낌이었는데 어느새 음악이 끝나고 사람들의 박수 소리가 울려 퍼졌다. 그리고 엄마의 함성 소리도 들렸다! 공연은 대성공이었다. 70세

가 넘는 할머니들과 어린 내가 함께 마음을 모아 춤을
춘 오늘 공연은 내가 생각하기에도 정말 멋졌다.

할머니들은 무대를 내려오면서 눈물을 흘렸다. 늘 씩
씩하고 명랑한 선생님도 눈시울이 붉어졌다. 하마터면

나도 펑펑 울 뻔했다.

사실 나도 할머니들과 함께 춤을 추기 전 까지만 해도 할머니들이 이렇게 멋지게 춤을 출 수 있을 거라고 상상도 못 했다.

"어머, 혜나야. 너 정말 춤 잘 춘다."

분장실로 꽃다발을 두 개나 들고 온 엄마는 평소답지 않게 호들갑을 떨었다.

"네 딸만 보이냐?"

할머니는 분장을 지우며 질투를 했다.

"엄마도 최고였어요. 어머, 엄마 허리가 어쩌면 그렇게 잘 돌아가지? 너무 신기하다."

사실 엄청 조마조마했다. 실수를 하지는 않을까? 엄마가 공연을 보고 뭐라고 할까? 그런데 막상 엄마가 이렇게 감탄을 하는 것을 보니 정말 기분이 좋다.

"우와, 진짜 놀라워. 할머니들이 이렇게 춤을 잘 출 수가 있다니. 엄마, 허리 안 아파요? 무릎은 괜찮은 거예요? 나 정말 우리 엄마한테 너무 놀랐네."

평소답지 않은 엄마의 모습을 보며 평소답지 않은 옷 차림을 한 할머니와 나는 소리 내어 웃었다. 할머니랑 내가 정말 세상에서 가장 마음이 잘 통하는 친구가 된 것 같다.

할머니, 진짜 누구 편이야?

"혜나야, 언능 안 일어나냐? 워메 지금이 몇 시냐? 시상에 지금까지 자고 있으면 어쩌냐? 언능 안 일어나! 야가 누굴 닮아 이렇게 잠이 많을까? 혜나야, 언능 일어나!"

으. 또 똑같은 꿈이다. 그리고 그 꿈을 깨우는 할머니의 잔소리.

"할머니. 지금 7시잖아. 다 안단 말이야."

나는 오만상을 찌푸리며 신경질을 냈다.

"야가 아침부터 버릇없게 할머니한테 짜증을 부리네.

너 궁둥이를 팡팡 맞아야 정신 차릴래? 언능 일어나서 씻고 밥 먹어."

난 잔소리를 쏟아붓는 할머니 얼굴을 가만히 들여다 보았다. 지금 나한테 이렇게 버럭 소리를 지르며 날 깨 우는 사람이 어제 나와 함께 무대에 올라가 춤을 췄던 할머니가 맞을까? 같은 사람이 어떻게 이렇게 다를 수 가 있을까?

"할머니, 할머니는 대체 얼굴이 몇 개야?"

"야가 아침부터 또 뭔 소리냐?"

"어제까지만 해도 할머니가 내 단짝처럼 느껴졌는데 오늘은 전혀 아니라서."

나는 힘없이 말했다.

"뭔 소리냐? 할미가 어떻게 네 친구냐? 쓸데없는 소 리 하지 말고 언능 일어나서 밥 먹어."

"알았어. 알았다고."

난 어깨를 축 늘어뜨리고 화장실로 갔다. 세면대에는 역시나 엄마의 흔적이 보인다.

갑자기 어젯밤 일이 생각났다. 엄마랑 나랑 할머니는 함께 사진 찍고, 맛있는 저녁을 먹고 노래방에도 갔다. 할머니랑 나는 엄마의 노래에 맞춰 신나게 춤을 췄다. 엄마의 막춤은 평생 잊을 수 없을 것 같다. 엄마는 춤을 너무 못 춘다.

"혜나야, 또 꾸물거리고 있지? 언능 세수하고 안 나오냐? 국 식는다고!"

어제의 즐거웠던 시간을 생각하고 있는데 할머니의 잔소리 폭탄이 날아왔다.

"알았어. 할머니."

분명 식탁에는 또 수저랑 젓가락만 있을 게 뻔하다. 만날 속으면서도 난 할머니 잔소리 폭탄에 할머니에게 또 속으러 간다.

"이봐, 이봐. 이럴 줄 알았어. 국을 떠 놓지도 않고 왜 거짓말을 해? 냄비에 있는 국이 어떻게 식어?"

"지금 뜨고 있잖아. 식탁에 내려놓으면 금방 식어."

할머니랑 나는 다시 평소대로 돌아왔다. 그리고 할머

니의 잔소리 폭탄도 다시 펑펑 터지기 시작했다.

"참, 할머니 나 준비물 사게 돈 줘."

"너 할미한테 돈 받아서는 이상한 거 사는 거 아니냐? 지난번에 네 엄마가 서랍 뒤질 때 보니까 쓸데없는 거 많던데. 네 엄마가 얼마나 힘들게 돈 버는지 알지? 허투루 쓰면 안 돼. 요즘 애들은 어찌 그리 귀한 게 없는지 모르겠다."

으악, 진짜 우리 할머니는 잔소리 대회가 있으면 세계 챔피언이 될 거다.

"진짜 준비물 살 거라고. 할머니는 왜 만날 나만 구박해?"

"야가, 내가 언제 널 구박했다고 그러냐? 손톱 발톱이 다 빠지도록 키웠구만."

난 입을 삐죽거리며 고개를 돌렸다. 그러다 냉장고 위에 붙어 있는 사진을 봤다. 분명 어제까지만 해도 아무것도 안 붙어 있었는데 무슨 사진이지? 나는 사진을 자세히 보기 위해 냉장고 옆으로 다가갔다.

"어, 할머니. 이 사진 뭐야?"

"어제 공연 사진이잖냐. 선생님이 찍어 준 폴라 뭐시기라고 하는 즉석 사진."

냉장고에는 네 장의 사진이 붙어 있었다. 두 장은 어제 찍은 사진이었다. 무대에 함께 서 있는 할머니와 내 사진. 그리고 분장실에서 함께 웃고 있는 할머니와 엄마와 나.

그리고 두 장은 빛바랜 옛날 사진. 한 장은 어린 나를 업고 있는 할머니 사진이고. 또 한 장은 지금의 엄마처럼 젊은 할머니가 어린 엄마를 업고 있는 사진이었다.

어린 엄마를 업고 있는 할머니가 다른 사람처럼 느껴졌
다. 그런데 신기하게도 두 장의 사진 속 할머니는 똑같
이 환하게 웃고 있었다. 등에 업은 아기를 돌아보면서.

"어, 할머니 이거 왜 여기다 붙여 놨어?"

"어제 선생님이 찍은 사진을 어디다 둘까 고민하다가
앨범을 꺼내 봤어. 아주 오랜만에. 그랬더니 이 사진들
이 있지 뭐냐."

내가 냉장고에서 떼어 온 낡은 사진 두 장을 보는 할
머니의 얼굴에 미소가 번졌다. 그런 할머니를 보니까
고추냉이를 먹은 것처럼 코가 매웠다.

"이게 바로 할머니 역사다. 역사. 네 엄마를 기르고, 또 네 엄마가 낳은 너를 기르고."

"할머니, 오래 살아서 내가 애기 낳으면 내 애기도 길러줘."

나는 할머니를 끌어안으며 말했다.

"야가 지금 이 늙은 할미를 언제까지 부려 먹을라고 그런 무서운 소리를 하냐? 애 보는게 얼마나 힘든데 꼬부랑 할미 돼서 네 애까지 키우란 말이여? 근디 지금이 몇 시냐? 야가 왜 아침부터 쓸데없는 소리는 해 가지고는. 언능 밥 먹고 학교 안 가냐?"

우리 할머니는 진짜 얼굴이 몇 개는 되는 것 같다. 미소를 지으며 옛날 사진을 보던 할머니는 금세 사라져 버렸다.

지금 내 앞에는 잔소리 폭탄을 마구 날리는 송말년 여사만 있을 뿐이다.

"참, 네 엄마가 그러는데 너 다음 주에 학원에서 시험 본다며? 오늘부터 할미랑 한 시간씩 공부하는 거다. 춤

연습 하듯이 그렇게 공부하자. 알겠냐?”

나는 할머니 말에 너무 놀라서 씹던 밥을 뱉을 뻔했다. 정신을 차릴 수가 없다.

“네 엄마가 안 그러냐? 4학년 때 성적이 중요하다고. 춤추는 것만큼 공부하면 분명 일등할 거다. 안 그러냐? 다 먹었으면 언능 학교 가라.”

“어? 할머니 갑자기 왜 그래? 할머니가 그랬잖아. 자기가 하고 싶은 일을 해야 한다고. 왜 갑자기 엄마처럼 공부를 강조하고 그래?”

당황스럽다. 할머니의 잔소리 폭탄이 내 성적에까지 쏟아지다니! 사실 그동안 할머니는 내 성적을 가지고는 크게 잔소리를 하지 않았다.

갑자기 단짝 친구였던 할머니가 내게 등을 돌린 기분이 든다.

“네 엄마가 얼마나 힘들게 돈 버냐? 네 엄마도 기쁘게 해 줘야지. 네 엄마가 뭐 크게 바라는 것도 아니잖냐. 조금씩만 성적 올려 보자. 할미가 공부는 못 가르쳐 줘도 네가 공부하는 거 감시는 할 수 있지 않겠냐?
감시는 좀 그렇고. 그래 감독. 좋다. 감독. 오늘부터 이
할미랑 열심히 해 보자. 우리 둘이 춤출 때 얼마나 즐거
웠냐? 같이 공부하면 분명 즐거울 게다."

　할머니랑 춤에 이어 공부도 함께? 이젠 할머니가 내
성적을 챙긴다고 한다. 이건 날 위한 걸까? 아님 엄마

를 위한 걸까? 진짜 알쏭달쏭하다.

하지만 어쨌든 난 송말년 여사가 할머니라서, 내 곁에 항상 있어 줘서 진짜 좋다. 잔소리 폭탄도 다 날 위한 거라는 거 조금은 알 것 같으니까. 가끔씩 할머니는 내 편이기도 하니까.

그리고 나도 안다. 그 속담. '귀한 자식 매 한 대 더 때리고 미운 자식 떡 한 개 더 준다.'